Les Élégies du Jardin mélancolique

IL A ÉTÉ TIRÉ DE CET OUVRAGE :

5 *exemplaires sur chine ;*

10 — *sur japon impérial ;*

225 — *sur vergé d'Arches à la cuve ;*

et 75 — *sur papier bulle (h. c.).*

ANDRÉ LEBEY

Les Élégies du Jardin mélancolique

EDITION DV MERCVRE DE F
RANCE * XV, RVE DE L'EC
HAVDE, A PARIS * M DCCC
XCIX * TOVS DROITS RESE
RVES.

A LA MÉMOIRE

DE MON CHIEN

SAD

FILS DE TYM

MORT

LE 25 FÉVRIER 1899

PRÉLUDE

Dans le jardin secret protégé par les brumes
D'un long mur infini que le soleil colore,
Avant de m'en aller tenter une autre aurore,
J'ai recueilli le feu des derniers crépuscules.

Ils brûlaient tristement en flaques d'or pourpré
Que mon songe guidait vers des architectures,
Jadis, au temps où rien n'entravait l'aventure
Dont je rêvais surprendre, un soir, la volupté.

Mais les flots de la mer prolongés aux terrasses
Grondent sur un sol gris sans que le flux recule;
Une vague sans fin rythme de l'amertume
Au fond du souvenir de mon attente lasse.

Nulle voile en fleur pâle au gré du vent courbée
N'ondule le décor de son balancement;
Les grands oiseaux perdus dans leur frémissement
Apparaissent un songe au vol éternisé.

Et c'est le désespoir de rester aux croisées
Bleuir par les vitraux de la Tour morne et frêle
La désolation de l'azur qu'aucune aile
N'écume du frisson de sa fuite exaltée.

Aussi, loin des déserts enchantés par mon rêve
Qui ne sut pas fraichir mon cœur resté fiévreux,
Loin des astres frôlés que protègent les cieux,
Je reste au vieux jardin des rythmes et des sèves.

Mon désir est vers lui de cueillir la retraite
Où fleurir le secret des méditations
Dont le présent prépare au loin les régions
Que l'avenir un jour pavoisera de fêtes.

C'est là que j'ai taillé le marbre des statues
En qui j'ai déposé l'image de mes dieux
Que je souffrais toujours de songer radieux,
Sans que rien d'en bas, un peu, ne les perpétue.

Le destin qui ternit leur nudité de pierre
Est selon le regret dont j'orne leur beauté ;
Et le regret est doux vers leur vétusté
Où mon souvenir monte en guirlandes de lierre.

Pèlerin à jamais des sites où mes songes,
Après avoir voulu leurs ailes sur la vie,
Ont immobilisé, vieux, leur mélancolie,
Je veille le néant qu'embellit leur mensonge.

Promeneur attentif aux détours des allées
Recéleuses des nefs d'ombrage et de mystère
Qui cadrent de couleur le marbre au ton sévère,
Je revis l'autrefois sous les hautes feuillées.

Le soupir des sapins qui pointent leurs branchages
Est le chant d'orgue dont frémit ma cathédrale
Où, vers l'éternité des divinités pâles,
Ma vie est l'encensoir balançant des nuages.

Après l'été trop court dont mourut le printemps,
Voici l'or jaune et roux qu'éparpille l'automne
Sur le frissonnement des forêts monotones
Où la brise déjà prépare les grands vents.

Après l'aurore aussi trop courte, après le jour,
Voici le crépuscule aux longs lacs plaqués d'or
Où notre désespoir cherche à saigner encor
La rouge éclosion d'une voile d'amour.

Mais, si la voile meurt près de l'astre englouti
Dont la bouche de flamme embrase sa couleur,
Voici monter déjà l'incertaine lueur
Que rayonne au ciel doux l'étoile de la nuit.

Et voici vers là-bas, comme d'un phare d'ombre,
Le scintillement vert de l'astre d'autrefois
Dont mon espoir, fervent d'avoir gagné sa foi,
Avait auréolé l'oubli de ses décombres.

O mon cœur ! Sauras-tu, chaud de ta solitude,
Faire mûrir enfin l'éclosion suprême,
Et réveiller, bien loin des villes de toi-même,
L'oiseau dont le bec d'or tient la fleur du prélude?

LA VIE

Pareils aux autres flots que ta mer a roulés
Sur la grève où s'effrite et poudroie le Passé
Et vers la falaise où l'instant ouvre ses fleurs,
A travers les joies comme à travers les douleurs.
Ton flux et ton reflux poursuivent leur destin,
A travers les couchants, à travers les matins,
A travers les midis où le soleil est d'or,
A travers les minuits où la lune est d'argent :
Et dans le grondement de la houle on entend
Le sablier du Temps et la faux de la Mort.

Ton rythme va et vient, se lasse et recommence
Développant la roue du monde à l'orbe immense
Qui tourne autour de nous qui tournons avec elle,
Perdus dans l'infini de l'ombre universelle

Où nos mains en passant étreignent des flambeaux
En défi vers l'oubli qu'allongent les tombeaux
Tout le long du chemin taillé par notre orgueil ;
Et notre âme, attentive aux fenêtres qu'un deuil
Masque du crêpe vain qu'y drape le regret
De s'être vers ailleurs, pour y vivre à jamais,
Estompé dans un songe auréolé d'exil
Quelque domaine fier isolé sur une île
Fuselant sous une aurore d'éternité
Un infini sans fin de flèches argentées,
Notre âme, d'une main douce de perfidie,
Nous confisque le verre où le vin de la Vie,
A ne boire que lui, nous offrait une ivresse ;
Et, d'une voix qui fait berceuse la tristesse,
Nous conte des récits d'enfance fabuleuse
Sur une terre dont les fleurs mystérieuses,
Rien que par leur parfum, fanent les joies d'ici.
Et notre incertitude accueille cette nuit
D'espoir où nous cherchons des voiles et des ailes
Nous guider sur le cours de fleuves merveilleux
A travers les pays songés au fond des cieux
Jusqu'à l'éclosion de la rose immortelle.

Mais la vie ne sait pas que nous la désertons,
Car même si loin d'elle, hélas ! nous la suivons
Comme la vague suit la vague sur la mer.
Malgré le flot perdu et celui qui se perd
A n'avoir rien roulé dans sa nouvelle écume,
Un autre flot renaît, un autre astre s'allume,
Et, soumis à jamais à la fatalité,
Nous suivons et suivrons le rythme déchaîné
Par le destin qui veut qu'il en demeure ainsi.
En vain nous creuserons les roches de la nuit,
En vain nous filtrerons les rayons du soleil,
En vain nous raillerons dans la folie des veilles
L'éphémère plaisir qui nous fait signe alors...
A travers les midis où le soleil est d'or,
A travers les minuits où la lune est d'argent,
Et dans le grondement de la houle, on entend
Le sablier du Temps et la faux de la Mort.

Le vent qui passe, et dans sa course folle cueille
Sur les arbres qu'il courbe une moisson de feuilles,
Emporte aussi le livre où la science s'écrit ;
Du fond de son éternité, le Temps se rit

De tout ce qui tressaille ou meurt sous sa coupole,
Ignorant du bourdonnement de nos paroles
Qui tombent bien avant de monter à ses pieds ;
Et la minute joint le siècle au sablier.
La chanson qui survit par l'accueil d'avenir
Qu'une autre voix pieuse, un jour, vient lui offrir,
Éprise de son métal rare inviolé,
Comme le vent qui perd au loin son souffle ailé
Pour repasser encor et repasser toujours,
Renaît et meurt, renaît, mais meurt enfin, un jour,
Oubliée à jamais, souvent sans souvenir ;
Et une autre chanson en éclot pour mourir.
A la place où la pierre élevait du passé
L'avenir dresse d'autres pierres entassées
Vers la sérénité du même azur encore ;
Après le jour, jusqu'à l'heure de l'autre aurore,
La nuit se paillettera des mêmes étoiles ;
Et le mystère, sur le même vide immense
Où l'homme vient briser son naufrage en silence,
Du même geste, maintiendra les mêmes voiles.

Car tu redis toujours le Passé qu'on renie,
Car le Passé dans le Présent est réuni

Comme l'incertitude où tremble la vieillesse
Suit la volonté dont s'aiguisait la jeunesse,
Et comme l'enfant vit de la chair de sa mère ;
Car nous ne sommes rien dans le drame éphémère
Que les acteurs d'un rôle incompris mais joué,
Et nous nous laissons prendre à cette vanité
De nous croire conduire une telle misère.
Mais nous n'avons que de la cendre funéraire
Malgré que nous la glissions en un flacon d'or
A travers les midis où le soleil est d'or,
A travers les minuits où la lune est d'argent,
Et dans le grondement de la houle on entend
Le sablier du Temps et la faux de la Mort.

Tu leur donnes la main et marches entre eux deux
Avec, derrière toi, l'Amour et l'Espérance,
Qui masquent la Douleur qui pleure derrière eux,
En pesant sur leur trace au dessin merveilleux
Un pas lourd déformé qu'épuise la souffrance.

Un grand cri de sanglots monte vers le cortège

Qui semble refuser de l'entendre et passer...
Le sourire se crispe aux bouches qu'il allège;
Et le long du chemin où la tristesse neige
C'est du sang qui fleurit les terres trop foulées.

Regarde ton sillon creuser un fossé noir
D'où se tendent des bras tordus vers leur appel
Parmi l'amas des corps meurtris de désespoir
Qui trop blessés, ceux-là, pour maudire ou vouloir,
Acceptent le néant où leur oubli s'attelle.

Et tu poursuis toujours l'éternelle victoire
Que chaque jour apporte à ta sérénité;
Et la faux de la Mort s'ébrèche sur ta gloire;
Et le Temps et l'Ennui drapent leurs robes noires
Sur le trône muet de la Fatalité.

L'AMOUR

Son torse d'enfant blond se cambre pour l'effort
Des mains dont l'une tient l'arbalète au bois d'or
Et dont l'autre s'attaque à la flèche encochée.
Une ivresse cruelle au fond des yeux cachée
Sourit au but lointain qu'il menace en rêvant
Aux cœurs déjà blessés d'où jaillissait le sang
D'une tristesse bonne à sa rouge ironie.
Et ses ailes d'azur dont s'ombrage la vie
Dressent infiniment leur immobilité.

Depuis combien de temps dans le parc déserté,
Enfant, menaces-tu le passant qui s'arrête,
Et, quelquefois, pieux, te couronne la tête
D'une guirlande brève où refleurit l'été?
Car à ton piédestal bien des bouquets fanés

Entassent tristement leur mort de souvenir.
N'as-tu pas peur, un peu, de te sentir mourir
Sous la montée, un jour, des offrandes nouvelles
Que ne parviendront pas à secouer tes ailes?
Ne sens-tu pas la Mort lentement s'exhaler
De l'éclat disparu des guirlandes jetées?
Ne sens-tu pas la Mort dans la brise morose
Où l'inconnu distille, au loin, l'odeur des roses
Qui fléchissent déjà d'attendre les demains ?
Le soleil est plus froid dans l'air bleu des matins,
Et l'hiver rajeunit sa vieillesse nouvelle...
Hélas! Tu connais trop ton essence immortelle
Pour craindre le linceul que préparent nos fleurs!
Malgré les efforts dont nous murons le bonheur,
Tu sais glisser vers lui ta voix insidieuse;
Sur le bûcher fleuri de mort mystérieuse,
Tu résurgis plus fort d'avoir été brûlé;
Et, debout, radieux de tes courses ailées,
Tu restes à jamais éternellement beau,
Souriant de survivre à l'essai de tombeau
Que disperse déjà tout le long des allées
Le vent qu'annonçaient les murmures des feuillées.

Et cependant ta joie a fait sa source terne!
Ton breuvage rappelle au cœur l'eau des citernes
Où l'infiltration d'un proche cimetière
Jette la pestilence aux sources jadis claires;
Et nous n'osons, malgré l'espoir de nos souffrances,
Croire à la vérité des vœux de notre enfance...
Ah! ta flèche ira-t-elle enfin, un soir de songe,
Transperçant l'airain noir bouclé sur le mensonge,
Atteindre d'un vol sûr au long frissement d'or
La porte du palais qui cèle ton trésor?...

Mais ton sourire est tel qu'il était autrefois.
La même flèche attend au fond de ton carquois
Le même frisson d'arc qui la lance incertaine;
La retraite d'amour reste toujours lointaine
Sans qu'un sentier enfin ouvre dans la forêt
L'ombrage convoité de son couloir secret;
Les mêmes oiseaux gris rêvés autrefois blancs
S'en viennent secouer vers toi le même sang

Qui dégoutte en rosée au long de leurs plumages;
C'est la même chanson dont tremblent les feuillages:

Et c'est en vain, hélas! que j'attends l'aventure
Par qui l'un de tes traits doit briser la serrure
Du merveilleux palais, où, victorieuse enfin
De par toutes les fleurs que porteront ses mains,
Triomphalement belle et jeune, ma jeunesse
Doit entrer recueillir le prix de sa tendresse
Et réveiller jusqu'à lui rendre enfin la vie
Le songe bienheureux de la fée endormie.

L'ESPOIR

Où sont tes ailes d'or dans le vent éperdues
Vers la brume où s'endort la promesse inconnue
Dont tu leurrais les jours où j'osais espérer?
Où sont les rires d'or de mes printemps passés
Que tes rayons venaient à nouveau rafraîchir
Au miroir tendu par le bras d'un souvenir
A revivre en essais au hasard des demains?
Où sont tes songes d'or crus vrais par mon destin
Qui les voyait du ciel pencher un long rameau?...
Si le vent ténébreux qui souffle du tombeau
N'est pas venu faner la fleur toujours impure
Que tu laisses tomber comme un flocon d'azur,
A jamais, dans les cœurs, même les plus chagrins,
Le vent qui désolait les vœux de mon matin
A démoli dans moi ta statue éphémère;
Et je ris aujourd'hui de la triste misère
Qu'accuse ton emblème encor debout ici,
Dont l'immobilité tient cette fleur de nuit

Que nul rayon lointain n'éveille ou ne colore,
Malgré ton geste qui la jette vers l'aurore.
Hélas! Et cependant la plainte de mon cœur
Anime ton néant d'un espoir de bonheur
Qui coule dans le sang jailli vers ton silence!
Quelque chose prélude au fond de ma souffrance
Avide d'écouter ta voix mauvaise et bonne
Où palpite l'essor de quelque aile oubliée,
Brusquement revenue au long des vœux lassés
Qu'elle évente d'une brise légère et douce
Qui les porte déjà comme en un nid de mousse
Où vivre de repos avant l'autre aventure...

Mon cœur! Entends plutôt la voix de la Nature
Te dire le néant de toute nouveauté!
Écoute le soupir des longs soirs épuisés
Où fume la fatigue éparse de la terre;
Écoute le Printemps se plaindre de l'Hiver
A travers l'Été doux qu'achèvera l'Automne;
Écoute combien tout demeure monotone
Malgré les cieux secrets peuplés par nos folies;
Écoute la chanson cruelle de la Vie

Toute rouge du sang de son apothéose !...

Hélas ! Tu sais la route où refleurir les roses,
La source où délivrer le flot emprisonné,
Les bois où reverdir les arbres dépouillés,
Les champs où susciter la houle des blés d'or !
Un invisible Eté charge ton vol encor
Du pollen azuré dont tu couvres les choses ;
Ta rosée à jamais perle l'herbe et arrose
Le calvaire brûlant où gravit l'âme humaine ;
Tu sais les longs rayons sur les cimes lointaines
Vers où s'essaie la soif lasse des pèlerins ;
Tu sais les songes éployés par un matin
Qui rayonne à jamais sur toutes nos tristesses ;
Une larme est cachée au fond de nos tendresses
Qui reverdit la branche où s'appuya ton pied ;
Une étoile s'allume où tu as éclairé ;
Tu suscites au loin de grands temples de marbre
Vers où fuit un chemin qui monte ombragé d'arbres ;
Un mirage infini rend le but moins lointain ;
Pour chaque nouveau vœu tu sais d'autres parfums ;
Ton geste est une clef du palais de nos songes ;
Et sur nos amours ta fleur effeuille un mensonge.

LA MÉLANCOLIE

Sur quel flot ignorer ta nef insidieuse ?
Bien souvent, j'ai voulu, d'une âme vigoureuse,
Passer sans écouter ce que tu me chantais ;
Mais, à chaque coup de rame, je me sentais
Aller plus lentement pour entendre ta voix.
Et l'Avenir, au loin, voilé par l'Autrefois
Vers qui se révélait l'aveu de ma pâleur,
Je m'arrêtais, doutant de trouver le bonheur
Au terme de l'effort vite jugé trop beau...

La forme de ta nef rappelle le tombeau
Mais un tombeau si doux et si lointain encor
Que l'on s'y coucherait sans redouter la mort ;
Tout s'y teintait d'un bleu passé qui semblait mauve ;
Un vertige montait des lourds jardins de roses

Qu'effeuillaient lentement des princesses rêveuses ;
La plupart dévidaient des soies mystérieuses ;
Quelques-unes jouaient avec des pierreries ;
Les autres travaillaient à des tapisseries
Étranges qui se déroulaient incessamment ;
L'une d'elles semblait attendre son amant,
Et regardait en pleurs les rives délaissées...

Dans quels champs ne pas cueillir tes fleurs espacées
Comme des papillons funèbres sur la joie ?
Au bouquet rêvé pur j'ajoute, malgré moi,
Le deuil du dédain doux dont tes fleurs d'ombre enivrent ;
Tout à l'heure, en rentrant, je songerai que vivre
Est le seul but auquel l'homme doit se vouer,
Et qu'il est juste de souhaiter moissonner
Les épis de la terre, et faire de ses jours
Une gerbe sereine où tresser de l'amour...
Mais l'horizon toujours dévide du chemin !
Tu berces ma fatigue aux sons de ton refrain ;
Et je m'arrête, et je m'accoude, et je m'oublie ;
Et le temps passe sans que s'y mêle ma vie...

La forme de tes fleurs rappelle l'encensoir.
Un invisible encens dans leur calice noir
Essore sans fumée un parfum nonchalant;
Et les parterres balancent incessamment
Le vertige de leur appel chargé de nuit.
Vers le désir d'aurore où ruer mon ennui
Pour qu'au long de l'attente il se veuille guerrier
Dont le glaive suscite à chaque mur brisé
La Foi, couronne d'or montant de la ruine,
C'est l'oubli peu à peu qui menace et chemine
D'un pas sûr, et, bientôt, cache tout l'horizon
Par les brumes qu'il dresse en vaines visions
De cendre. Et, dans le soir, voici venir l'Automne
Avec son manteau roux dont la forêt frissonne
Et s'alourdit jusqu'à s'en dépouiller bientôt...

Sur quels monts ne pas voir le bloc de ton château
Pointer l'ennui serein de sa bannière grise ?
Sur quels monts, à celui qui tentait l'entreprise
De gagner le sommet le plus haut, le plus rude,
N'es-tu pas apparu défier sa solitude
Par l'offre d'un abri chauffé de souvenirs ?

Mon hésitation me laissait y venir.
Les orgues que semblaient fuseler les tourelles
Me chantaient cet appel : « Tu te veux infidèle
A ce deuil reculé que chacun porte en soi;
Mais ce deuil seul est vrai. Le soleil ment. Pourquoi
Ne pas t'abandonner à ton désir secret?
Tu ne crois plus à rien ; laisse un léger regret
Tomber en neige tiède sur ton âme lasse.
Que t'importe? La Vie est un fleuve qui passe ;
A quoi bon le vouloir clair et chargé de voiles ?
Rien ne vaut ton essai ; le but conquis dévoile
A chaque nouveau port de la monotonie;
Il n'y a qu'à pleurer doucement sur la Vie... »

La forme du château rappelle les églises
Où le songe suit les piliers et s'enlise
A l'immobile élan du vaisseau recueilli
Dans son ascension d'âmes vers l'infini
Qu'il promet par delà les heures ténébreuses,
Et dont on croit voir la lumière bienheureuse
Aux flamboiements ardents que vivent les vitraux.
Tout autour un domaine immense, morne et clos

Recèle un lac à l'eau lourde de songerie.
Des barques quelquefois en rayent l'accalmie.
La harpe alors mêle au froissement des roseaux
Une vibration veloutée ; sur l'eau,
Le sillage murmure comme un gazouillis :
Sur le décor l'envahissement de la nuit
Se continue; la lune se fait romantique;
Le bloc compact d'où jaillissent les tours gothiques
S'enguirlande de rêve et s'adoucit un peu;
Quelque chose de théâtral tombe des cieux...
Mais tout persiste vrai quoique trop solennel.
Et l'on demeure ainsi, vaguement vieux, rebelle
A vaincre l'incertaine et bonne nostalgie
Dont le manteau de faste calme sur la Vie
Drape autour du repos de ne plus espérer
Une illusion de sagesse où s'attarder.

LA TRISTESSE

Tristesse, c'est partout que ton ombre s'allonge !

Par-dessus les clartés que le Rêve prolonge
Derrière chaque choc de la Réalité
Pour mettre à celle-ci le nimbe de Beauté
Qui permettra qu'on s'y incline encore un jour,
Par-dessus le Bonheur vite mort, et l'Amour
Dont les fleurs s'effeuillent à peine moissonnées,
Par-dessus l'Espérance aux ailes trop chantées,
Par delà l'Avenir, par delà le Passé,
Ton crêpe étale au ciel le même deuil certain.

Le Rêve ment. Le Rêve, hélas ! entraîne au loin
Des flambeaux radieux qu'il nous rapporte en cendre.
Jamais l'île appelée où nous devions descendre

N'apparaît sur la mer apaiser nos destins;
Jamais nous n'arrêtons la fuite du matin,
Et le matin déjà parle du crépuscule;
Jamais le crépuscule même ne recule
Pour rejoindre l'Aurore en refusant la nuit;
Et, le Rêve exilé, ce n'est plus que l'Ennui!
Mais lui-même s'angoisse de la longue attente
D'un horizon nouveau dont l'inconnu nous tente
Et s'éloigne tandis que nous allons vers lui.
Si, par essai, la bouche mord au fruit cueilli,
Le goût du fruit meurt vite aux lèvres satisfaites;
Et la Réalité dont on se faisait fête,
A mesure qu'on goûte aux mets de son bazar,
Dissipe ce qui fut sa force. Il est trop tard,
Alors, pour revenir vers quelque oubli limpide.
Chaque jour a creusé la naissance des rides
Sur le masque jadis qui se pensait vainqueur;
Le mal trop entassé qui dévore le cœur
Ramène vers un port auquel on ne croit plus.
Que reste-t-il? L'Espoir chante dans le reflux
De pourpre qui descend aux grèves délaissées;
Tout ruisselant encor du sang qui l'a bercé,
Il jaillit sa naissance en un vol éclairci,
Peu à peu, comme il monte et gagne le midi

Où le soleil le fait apparaître tout d'or...
Hélas ! Le sang durcit à ses ailes ; l'aurore
Est loin ; et le jour défaille dans le couchant ;
Et les ailes sont noires. Les caillots du sang
Retiennent l'envergure ; et l'Espoir, lourd, descend
Peu à peu retomber aux flots d'où il naquit.

Que reste-t-il ?

Il est un chemin morne et gris
Bordé de hauts cyprès funéraires et sombres,
Et dont chaque pavé atteste qu'une tombe
Est là où sont couchés les rêves de la Vie.
Il est un long chemin en pente qui conduit
Vers le silence d'un palais bâti par l'ombre.
Tous peuvent en sortir ; jamais le pont-levis
Ne se lève sur ceux qui viennent d'y entrer.
Tous peuvent y venir... et tous presque ont passé !
Aux fossés dort une eau morte éternellement.
A la tour la plus haute un drapeau que le vent
Jamais n'a soulevé ni ne soulèvera

Retombe à longs plis sur sa hampe comme un bras
Raidi, mort à dresser un inutile emblème.
Aux vitraux apparaît souvent la face blême
De celle qui fait signe au voyageur lassé ;
Mais, quand on entre, rien d'elle n'a subsisté ;
Et vainement on la cherche à travers les salles,
Pour ne la retrouver qu'en soi, de sa main pâle,
Caresser les débris des espoirs reniés,
Et, peu à peu, autour de l'âme préparer
Comme un manteau d'abîme où se perdre longtemps.
Le Temps passe. Et bientôt on s'abandonne au Temps
Dont le fardeau semble moins lourd sous cet abri ;
Et l'on murmure avec les Filles de la Nuit
Dont le fuseau d'ébène enroule un désespoir
Qui frôle en promettant la dernière caresse :
Je veux m'ensevelir au fond de ma tristesse
Comme dans un cercueil capitonné de noir.

LA DOULEUR

C'est moi qui t'ai dressée au bord de l'étang morne
Statue de bronze noir qu'empourpre un roux d'automne,
Et que rouille à jamais toute l'humidité
Qui monte de l'eau morte en un flot de buée
Que ta bouche crispée aspire amèrement ;
C'est moi qui t'ai dressée ; et c'est moi dont le sang
Fait vivre l'immobilité de ta statue ;
Et le geste mauvais de tes poings vers la nue,
C'est moi qui l'ai tordu dans mes soirs de colère !

Tu te regardes, et le miroir funéraire
Te répète à jamais tes rides et ta bouche,
Et tes yeux suppliants sous leurs sourcils farouches,
Tes grands yeux alourdis par leurs cils lourds de pleurs ;
Car j'entends bien souvent, tinter au fond de l'heure

Comme un jet d'eau qui retomberait presque à peine,
Goutte à goutte, sur l'eau, la tristesse lointaine
De ces pleurs écoulés si tristement dans l'ombre ;
Mais je me venge en défendant à ta voix sombre
De moduler jusqu'aux flûtes sa mélodie ;
Et je te veux terrible et sans mélancolie,
Enracinée au sol où le destin t'enserre,
De ton socle où s'agriffe une étreinte de lierre,
Avec le bruit de tes bras éperdus vers l'aube,
Et menaçant la sérénité de l'eau glauque
Dont ne peut s'éloigner enfin ta majesté,
Faire jaillir en un torrent à dévaster
Jusqu'à recouvrir tout d'une mer solennelle,
Le rauque grondement de ta plainte éternelle.

Mais moi-même j'ai peur souvent, et je m'enfuis
Chercher les violons qui vibrent dans la nuit
Sous l'archet du Mystère à la traîne étoilée ;
Et je rêve sur toi, lente, te dévorer
La robe dont la rouille mord ton bronze noir,
Et, t'entendant hurler un double désespoir,
Me rapprocher de toi et ne te trouver plus,

Et ne t'entendre que presque morte et, perdue,
Murmurer du fond de l'étang mystérieux
Le récit de l'arrachement silencieux
Qui, lentement, avait préparé sa victoire
Et en cueillit enfin l'affreuse joie, le soir
Où, tes grands bras d'horreur éperdus et levés,
Tu t'abattis sur l'eau qui t'avait tant mirée !
Mais tu es souveraine, hélas ! et sans pitié ;
Et j'ai beau fuir plus loin encor, m'enfuir toujours,
Marcher dans le jardin sans espoir de retour
Et vouloir dans la nuit me perdre à tout jamais,
Ou, méditant la croix que porte mon regret,
M'en forger une épée à vaincre le malheur...

Comme une mer enclose au gouffre de mon cœur,
Tu grondes sourdement tes sanglots, ma Douleur,
Et ta mer est terrible, hélas, et sans reflux !
Jamais je ne l'entends parler de n'être plus,
Jamais je ne la sens reculer sur la grève,
Emportant dans ses flots les débris de mon rêve
Où se mêleraient des voiles et de grands mâts,
Et d'étranges bijoux, et les fleurs dont là-bas,

Mon navire espérait semer les Atlandides;
Jamais tu ne le noies ce rêve aux vœux perfides
Qui mêle à ta voix dure un murmure de flûte;
Jamais je ne vois les galets où le pied butte,
Ni du repos s'étendre en sable au long du port
Où je pourrais chercher l'oubli de vivre alors
A ne t'entendre que presque morte et perdue...
Non! ce n'est rien le long de la falaise nue
Que le déroulement d'un assaut écumeux
Dont l'écume jaillit et menace les cieux,
Il semble, où la nuit n'achève jamais le soir;
Ce n'est rien que du vent salé de désespoir;
Ce n'est qu'une éternelle plainte monotone
Sous le même couchant flaqué d'un or d'automne
Où ton bruit effrayant d'implacabilité
Se perd vers les palais du ciel ensanglanté
Où chanter à travers l'inconnu de leurs salles
Et fouiller toute leur merveille orientale
Jusqu'à y découvrir une harpe oubliée
Où poser, par ton souffle, alors, des doigts ailés,
Et s'atténuer jusque vers des mélodies
Qui fassent moins douteux le palais et la vie
Des ombres de bonheur dont je le veux peuplé...

Mais comme vers l'avenir, du fond du passé,
La même plainte gronde et s'enfle et recommence,
Triomphatrice de l'Espoir et du Silence
Qui, tous deux attentifs au fond des grottes sombres,
Se sourient l'un à l'autre et s'efforcent dans l'ombre
De préparer les fleurs qu'ils veulent dans leurs mains.
Emmurés dans la tombe où vivre leur destin,
Ils attendent toujours et regardent, vaincus,
La vague renaître de la vague, et l'essor
Des flots sans que vers eux les guide enfin la Mort,
Tout à coup apparue en bonne sœur d'oubli
Au-dessus du puits noir où des oiseaux, pâlis
De rester là, tournent sans cesse éterniser
L'emblème d'une fuite un jour où se ruer
Vers le nouveau soleil que l'Avenir allume
Hors du gouffre terrible où l'amas des rochers,
Comme un énorme bloc de songe foudroyé,
Déchiquette des dents qui mordent dans la brume.

LE PASSÉ

Mes songes autrefois abandonnaient leur flot
A l'éparpillement écumeux de leurs ailes,
Sans souci des chemins où de récents tombeaux
Couchaient vers leur essor un murmure d'appel.
Ils s'envolaient, heureux de leur insouciance,
Glaner dans l'infini de leur course éperdue
Les fleurs dont les parfums magnifient la souffrance
A n'ouvrir un printemps qu'au large de la nue.
Et la terre était loin, et la nue était belle,
Et son infini bleu demeurait si fidèle
A capter leur exil doré de nonchalance
Qu'ils ignoraient, loin d'eux, sur une mer sans lames
S'élevant doucement du fond de son silence,
La chanson du Passé, lourde d'un bruit de rames.

O chanson monotone et triste infiniment
Où l'écho recueilli que vécut le moment

S'en revient murmurer selon le Souvenir,
O chanson dont la voix d'ombre sur l'Avenir
Sans cesse vient jeter, il semble, une menace,
En redisant à nos âmes encore lasses
Les refrains oubliés dont vibra notre espoir,
O chanson que rapporte au plus profond du soir
L'adieu de ces lointains vers où nous n'irons plus,
O tais-toi ! Ma ferveur au bruit de ton reflux
Tremble de s'en aller au gré du courant frêle
Où ta barque de songe emporte l'asphodèle
Du cimetière gris où pleura ma jeunesse.
O tais-toi ! Et va-t'en ! Je n'ai plus la tristesse
Dont j'offrais l'encens noir sur tes autels malsains.
Aujourd'hui, je le sens, la clarté des matins
Glisse ses rayons bleus dans ta nuit funéraire ;
Des oiseaux ont plané sur l'éternel mystère
Depuis que mon sourire a dédaigné ta loi ;
Et, je ne souris plus, et j'espère et je crois
A tout ce que le monde azure vers le ciel.
Je crois au labyrinthe où des fils immortels
Guident mes pas sanglants vers l'aurore surgie ;
Je crois à cet effort dont est faite ma vie
Toujours victorieuse au long de son chemin...
Va-t'en ! Va-t'en... O chanson triste, c'est en vain

Qu'à l'appel nonchalant chanté par ta paresse
Tu mêles une voix où pleure la tendresse
Dont je fane les lys maintenant, à jamais ;
C'est en vain que tu dis l'oubli dont je grisais
La fièvre de penser qui fait mon front hautain ;
C'est en vain que je sens dans l'ombre, un peu, des mains
Dont le geste, vers moi, jette les fleurs cueillies...

Je hais tout ce qui fut dans mes amours jadis,
Je hais le néant noir où je me suis couché,
Sans souci que là-bas montait dans la clarté
Un vol miraculeux d'extase épanouie,
Je hais les faux jardins d'eux-mêmes tous flétris
A ne laisser rien plus que de la cendre grise,
Car je sais maintenant entendre dans la brise
Que la nature est bonne à qui sut l'écouter ;
Je sais monter aux cieux que tu m'avais cachés,
O Passé ! dans ton ombre inféconde et morose ;
Je sais les arbres, les fleurs, et je sais les roses,
Je sais les monts, les plaines, et je sais les bois
Où j'écoute gronder dans le concert des voix
Qui sortent de la sève immense et monstrueuse

En un frémissement de cantique invincible,
Le murmure infini des orgues invisibles
Où ruisselle le flot impérieux des vents;
Je sais, la mer et la vague, et je sais l'autan.
Et tout cela me dit que la mort est vaincue,
Qu'il est de grands départs au large de la nue,
Et que la terre monte et fume vers le ciel,
Et que la vie est vraie et souriante et belle,
Que tout bûcher demande une cendre après lui,
Mais que, pourvu qu'alors sa flamme haute ait lui
Tordant violemment l'or d'un élan sublime,
Il fallait s'en aller tenter une autre cime
Ou susciter le feu d'une lueur nouvelle,
Oublieux de la cendre où s'est éteinte celle
Que le temps veut ainsi maintenant étouffée
Pour permettre l'éclair des nouvelles beautés.

Mais dans la chambre d'où le pas s'est éloigné
Quelque chose recueille encore un son voilé;
Les tentures ont pris un peu de notre rêve;
Et que l'heure fût longue ou la minute brève,
Un souvenir attend sa chute autour des choses;
Le vase qui retient la gerbe de ses roses

S'attache à conserver par son eau leur printemps,
Et la table tressaille à sentir lentement
L'effeuillaison qui la recouvre et l'embellit;
Et, malgré les volets, ce n'est jamais la nuit,
Car le jour à travers les rideaux mal fermés
S'en reviendra demain, apportant la clarté,
Redécouper son ombre au bas de chaque objet,
Ressusciter l'eau froide aux glaces qui miraient
Celui qui ne peut plus même y mirer sa mort ;
Et le soleil fera monter dans ses feux d'or
En éclairant au mur un pastel ancien
Le spectre du printemps dont flotte le parfum.

Et dans la plaine où le chemin de la lumière
Elargit son sillon par un flot de poussière
Je m'arrête, inquiet auprès du lendemain.
Et je suis las encore ; et, malgré le matin,
Je sens comme un regret enchaîner ma pensée
Dans les lianes de ses fleurs entrelacées.
J'entends vers le puits noir où je me suis penché
Des seaux perdre le bruit que grinçait leur montée,
Et nul ne monter plus lentement le malheur
D'une eau froide qui ne semblait un peu de pleurs...

Et je m'attarde à retrouver dans le silence
Ce qui fut ma jeunesse et mon adolescence...
Et je regarde au loin sur l'eau du bassin morne
Tomber l'or roux et noir des feuilles de l'automne,
Et, dans moi-même, où je sens du soir qui s'exhale,
Les vols du souvenir effeuiller leurs pétales,
Un à un, lentement, comme pour un tombeau,
Sur le lac de mon cœur qui les perd dans ses eaux.

L'AVENIR

Le présent n'offre rien que sa réalité,
Et la réalité, toujours, semble tromper
L'attente qui menait aux désillusions,
Comme si rien n'était aux fleurs que nous cueillons,
En dépit des parfums de leur beauté trop brève,
Que la mort du Désir et la cendre du Rêve
Dont l'Espoir nous guidait jusqu'à sa vanité,
D'un souffle cependant si doux de volupté
Prévue que l'azur se faisait moins cruel.

Irons-nous à l'abîme où cramponner aux ailes
Suprêmes le dernier dégoût de notre doute,
Ou bien, de la montagne, ouvrirons-nous la route
Jaillie au long sillon de la blessure humaine?
Sera-ce le bonheur de voir l'aube lointaine
S'approcher de nos pas marchant vers sa naissance.
Ou la victoire éternelle de la souffrance

Devant la nuit toujours plus compacte et plus noire ?
Sera-ce quelque oubli pâli d'un désespoir
Léger comme un nuage où le vent déjà joue ?
Le Dieu qui surveillait à l'avant de la proue
Se résignera-t-il à n'attendre plus rien,
Ou, de par le fardeau d'un effort trop lointain
Dont le premier geste ici pèse encore sa griffe,
Lassé d'être vaincu sans qu'enfin un récif
Surgisse ou démâter d'un choc dur le vaisseau,
S'abandonnera-t-il à l'effort du tombeau
Que depuis si longtemps la mer chantait vers lui?

La mer semble achever la douceur de la nuit.
Elle est comme sa voix, comme ce qu'elle cèle,
Sans doute, au fond de son velours sombre et fidèle
A l'éclosion des astres qu'elle révèle;
La mer appelle vers une câlinerie
Mortelle ou l'eau recueille en soutenant encor
Doucement, longuement, celui qui veut la Mort,
Et la Mort apparaît, malgré les feux du port,
Un repos si parfait que souvent on hésite...

A travers l'inconnu de ce qui doit venir
Mystérieusement s'enfoncer et partir
En sursaut de l'espoir éployé vers ailleurs !
Se vouer à vouloir une rive meilleure
Ou mener le dédain voûté de l'aujourd'hui !
Négliger ce qui met du parfum sur la vie,
Et même la chair endormeuse de la femme,
Seule couche encor douce où réduire son âme
A n'être rien qu'un frisson dans l'ombre éphémère !
Quitter tout pour brûler cette ombre de lumière !
Ensemencer la nuit des premières étoiles,
Lire sur la mer la direction des voiles,
Montrer d'un doigt certain la maison attendue,
Parler à l'homme de ses joies qu'il ne sait plus,
Lui en donner, un soir de mystère, la graine,
Simplement, en raillant le jeu de ses écus,
Retrouver de ces mots qui sont comme des ailes
Et que le monde sut aux jours de son printemps,
Lui rendre cet essor fougueux des jeunes ans,
Faire aux fleuves boueux, aux canaux endormis,
Cataracter la source à l'écume bénie
Où cristallise un peu du sel des premiers flots !

La mer ne dirait plus une chanson de mort;
Les sirènes qui se lèveraient dans l'aurore
N'auraient des chants si doux que pour guider les rames;
Si l'amour appelait jusqu'à leurs bras, les drames
Seraient selon la joie et la feraient aimer;
Les sirènes seraient comme de belles dames
Laissant d'elles un long sillage parfumé...

Je veux croire qu'un jour ce sera le bonheur
Et qu'on saura guider le battement du cœur
De la vie aujourd'hui chancelante et broyée;
Je veux croire à l'effort ardent qui m'a dressé
Contre ce qui n'était pas selon la nature;
Je veux croire qu'un jour on pourra vers l'azur
Lever des yeux contents dépourvus de prière.
Le geste du semeur élargissant la terre,
Le pilote érigeant un symbole anxieux,
Les bras tendus, la joie, et le sourire heureux
Qui tombe sur l'amour proche comme un rayon,
Le battement des vœux vers un même horizon,
L'inconnu de nos corps merveilleux et fragiles,
Tout cela paraît me dire d'être docile

A la religion d'une cité promise.
Mais, qui sait ? L'homme semble avec tous ses travaux
Préparer le linceul de son futur tombeau.
Si les soins sont plus sûrs vers la douleur humaine,
Je songe que jadis sur des terres lointaines
La vie était si bonne qu'on n'y pensait pas ;
Je songe que nous nous sentons impurs et las ;
Je songe que, peut-être, au jour du grand matin,
L'homme sera si vieux qu'il tombera, la main
Sur la suprême clef qui demeurera, vaine,
Se rouiller sous la pluie de l'Heure souveraine.

L'ORGUEIL

Masque de bronze et d'or sur le sel chaud des pleurs,
Cuirasse dure sous laquelle la Douleur,
A battre seule et sans demande de pitié,
Brûlante contre le métal dur et glacé,
Se veut sereine et pétrifie sa lave ardente.
Et se fait bloc de force, d'ombre et d'épouvante,
Et s'auréole et s'agrandit et se cisèle,
Masque, je t'ai plaqué. la main sûre et cruelle,
Sur ma face lassée; et, dans mon cœur fervent,
Devant l'autel d'ébène enguirlandé de sang
Où chaque jour je viens prier et espérer,
J'ai suspendu tes lampes éternellement.

Au temple de ce cœur où, sincère ouvrier,
Au gré des jours et du Destin, j'ai travaillé
En peignant mes tableaux et en trempant mes glaives
Pour dresser haut le marbre aux tombes de mes rêves

Ou pour en tisser d'autres et les caresser,
Et leur permettre enfin, mûrs, de s'abandonner
En cygnes au courant du fleuve qui chantait,
Et dans son eau d'azur, au loin, les emportait
Comme de grandes fleurs à féconder la mer,
Au temple où je serrais les graines d'avenir
Pour en ensemencer les sillons à ouvrir
Au sein mystérieux des terres préparées,
Un soir, percé de blessures, je suis rentré.
Mon léger manteau bleu était couvert de boue
Et se déchiquetait d'un jeu de larges trous.
La colère sonnait du cor sur ma défaite,
Mais sans force à briser l'idole de la fête
De ceux qui jusqu'ici m'avaient accompagné
D'un blasphème stupide où prétendre à la haine.
Alors je descendis vers ta forge sereine ;
Je saisis le marteau, je préparai le feu,
Je frappai sur l'enclume en maudissant les cieux
A jamais sans écho malgré tous les calvaires,
Et je me fis l'armure où dresser ma misère
Invincible sous son apparente victoire.

Et j'ai vaincu, car, aujourd'hui, nul ne peut voir

Le secret du travail auquel je suis voué.
Ma main n'élève rien qu'elle n'y ait drapé
Le manteau de beauté qu'il faut sur chaque chose.
Jardinier de mes gazons et de mes roses,
Je les surveille et je les fais ce que je veux ;
Je sais verser mes larmes vers un grand lac bleu
Que mon espoir sillonne en barques pavoisées ;
Et si ma douleur chante aux harpes oubliées
Malgré moi qui la guide à des cordes meilleures,
Je demeure son maître et domine les heures
Où je me sens atteint du coup de lance au flanc.
La vie que je craignais deviendra mon enfant
Docile ; et, si la mort s'approche avant le temps,
Sans plus de peur devant la dernière blessure,
Je saurai l'accueillir avec la même armure.

J'avais pensé la vie autre. J'avais pensé
Qu'il suffisait de la vivre et d'abandonner
Chacun de ses désirs à son effeuillaison,
Qu'une chanson naissait après chaque chanson,
Que l'heure à venir consolait de l'heure enfuie
Et qu'il n'y avait qu'à lutter pour que la vie

Se fasse merveilleuse et selon le bonheur.
Hélas ! L'homme est sans force à vaincre le malheur !
Fatigué de chercher vers le pays prochain,
Il baisse tristement la tète et tend la main
Vers tout ce qui permet d'être pris sans effort ;
Il refuse l'enjeu de ses jours, et le sort
Qu'il ne veut pas tenter ferme son horizon.
L'épi se fane alors aux champs de la moisson
Et tombe sans germer aux paniers du néant.
Mon doute l'y suivit longtemps. Mais, maintenant,
Rien n'ébréchera le tranchant des volontés.
Je ferai le chemin que je me suis fixé,
Dédaigneux des cris que je sais ne plus entendre ;
Le blasphème du monstre ne pourra rien prendre
Au songe de splendeur que je saurai construire ;
Et, plus tard, quand, selon le vent du souvenir,
Ma cendre sera soigneusement conservée,
Ou, loin de son tombeau, arrachée et jetée,
Malgré toute la haine et malgré les combats,
Le château que j'aurai voulu demeurera
Attester, droit au bord du gouffre des années,
Qu'il est beau qu'une vie soit haute et passionnée.

LE REGRET

Tes yeux suivent au loin le flot de cette brume
Où la maison d'exil du Passé dort mais fume
Un nuage odorant vers les soleils éteints.
Une lyre s'exhale au geste de tes mains
Dont la fatigue glisse au long des cordes d'or;
Et tout le souvenir qui persistait encor,
Attardé dans l'oubli doux de son crépuscule,
S'en revient d'un pas lent dont l'approche module
Le rêve ailé du temps qu'on ne pourra plus vivre.
Et quelque chose pleure au loin d'une voix ivre
D'écouter murmurer au fond de ses sanglots
Le bruit mystérieux et solennel des eaux
Dont le courant a fui pour ne plus revenir.
Vainement les frissons qu'éveille l'Avenir
Effeuillent leur promesse aux jardins de l'aurore;
Vainement le soleil les mûrit et les dore,
Et vainement le vent les essaime vers toi
Te dire le bonheur que, loin de l'autrefois,

Cueillent ceux dont la force a su vivre l'Espoir !
Trop de charme infini flotte à travers le soir
Où ta paresse accoude un songe nonchalant;
Un corps trop dévoué te jette ses bras blancs
Entre lesquels doucement épuiser ta vie
Sur des parfums d'amour et de mélancolie;
Trop de volupté vibre au fond de ta jeunesse,
Trop de soupirs flottants endorment ta tristesse
Jusqu'à la couronner d'une extase mortelle!...

Sache que cependant la brise est pleine d'ailes
Que le Temps domptera le jour où, pur de masque,
Tu fixeras leur vol au sommet de ton casque
Immobiliser un emblème de bataille;
Apprends la volupté du choc et que l'entaille
Est comme une caresse à qui voit la victoire;
Ne souris pas devant les palmes de la gloire;
Ne laisse pas ton cœur en vain saigner d'insulte;
Suis l'élan qui t'emporte à défendre le culte
De tout ce qui tressaille au fond de ton mystère;
Et, si ton cœur te souffle un hymne de colère,
Laissant l'hymne chanter selon le rythme épique,
Lève une fleur de sang à ton glaive héroïque !

LA LUTTE

Ton geste qui tend l'arc d'une main vengeresse,
Déesse! n'est pas vain. Et, quoique ma jeunesse
S'oublie à colorer d'un pinceau doux et pâle
Le rêve que son âme, encore triste, exhale
Vers l'or d'un crépuscule où goûter du sommeil,
Comme une inquiétude au fond de moi surveille
Cet abandon du songe à tous les vents qui passent.
Malgré les accords langoureux des flûtes lasses
Où les pasteurs d'azur modulent leurs sanglots,
J'écoute au loin gronder le murmure des flots
Qui montent à l'assaut des roches écumeuses;
Malgré le calme bleu des heures presque heureuses
Dont je berce ma vie au fond de ce jardin,
Je regarde souvent frémir dans le matin
Les voiles des vaisseaux qui tentent un départ;
La nuit, je suis l'œil jaune et vigilant des phares
Creuser un sillon d'or à travers l'ombre haute;
Et, lorsque la sirène hulule au ras des côtes,

Je mêle mon espoir au vol vibrant des cloches.
Et j'attends ; et, quand l'aube, à pas lassés, approche
Dérouler pour la nuit un linceul de lumière,
Je contemple longtemps le soleil sur la mer.

Un jour, pour vivre enfin la vengeance du Rêve,
Mon bras voluptueux s'alourdira d'un glaive.
Tout ce que la colère, avec sa face dure,
Aura dit longuement pendant la veille obscure
Aux méditations qui se voulaient tranquilles,
Tout ce que le dégoût d'une époque servile
Aura jeté de flamme à l'affront oublié,
Et tout ce que ma haine à voir que la Beauté
N'est plus rien pour l'époque où le Destin m'a mis
Aura versé de fiel aux coupes de mes nuits,
Tout cela, le papier n'étant rien qu'une feuille
Que la tourmente emporte et sans même qu'un deuil
Assombrisse un instant le vide de la foule,
Tout cela, comme un flot qui sur les galets roule,
Surgira brusquement au large de l'eau calme.
Vainement la chanson que frissonnent les palmes
M'appellera toujours vers le souci des muses,

Et vainement l'amour aux doigts musclés de ruses,
Tissera ses réseaux soyeux comme autrefois ;
Rien plus n'arrêtera ce que je veux, là-bas,
Surgir comme un printemps au milieu de l'hiver.
L'eau qui tombe du ciel et dédaigne la terre
Pour monter d'un glacier la lourdeur des montagnes,
Verse un jour son torrent à travers les campagnes,
Trop chauffée au soleil qui lui rend sa puissance ;
Et le rêve infini que figeait son silence,
Las de n'être que lui, las de sa beauté même,
Par désir de sentir en bas quelqu'un qui l'aime,
Pour que la vie enfin connaisse sa merveille,
Dédaigneux de la mort qu'il entraîne, ruisselle
A travers le pays jusque-là dédaigné
Le terrible réveil que veut sa royauté.

LA BEAUTÉ

Ton marbre à jamais pur n'a pas connu les pleurs
Si ce n'est pour chanter leur secret douloureux ;
La Douleur a sur toi, sans atteindre ton cœur,
Pâli le crêpe noir d'un deuil mystérieux ;
Le Regret a bleui le parc du Souvenir
Où les lointains quittés sont plus beaux d'être tels ;
Et tu souris à peine, et d'un si doux sourire
Que ton éternité semble essorer des ailes.

Autour de toi la mer houleuse de la Vie
Déferle le refrain de sa monotonie ;
La vague suit la vague et jaillit en écume
Sous le soleil et dans la nuit, et dans la brume ;
Le même flux descend vers le même reflux
Qui se hâte déjà comme pour n'être plus,

Et semble dans le chant ruisselé par sa chute
Parler par sa retraite un peu de l'autre lutte
Dont la menace au loin dit la fatalité.
Mais tu réponds aux flots par la sérénité
De ta victoire immobile et silencieuse
Vers qui les mâts étreints par l'horreur ténébreuse,
Après avoir longtemps ployé leur vol d'espoir,
Sont les débris vaincus du grand rêve de gloire
Dont la palme fut trop lourde sur leur destin.
Et la tempête continue ; et le lointain
Tantôt pâli d'azur, tantôt chargé de nuit,
Dans le silence, dans l'éveil et dans le bruit,
Semble attendre à jamais, et toujours vainement,
Dans le siècle et l'année, et l'heure et le moment,
La surprise d'un jour jeune et prodigieux.

Toi seule sait monter jusqu'au défi des dieux,
Toi seule sait l'arrêt du sourire éternel,
Toi seule sait vraiment le plus vrai des appels
Qu'on entend malgré tout près de chaque sentier;
Par toi, l'aile renaît au dos qui fut voûté
Le rajeunir et le jeter large en plein ciel ;
Par toi, celle que nous déclarions infidèle

S'en revient nous offrir le rameau verdoyant
Entre ses bras de muse où la cendre du temps
N'a rien laissé, pas même un peu de sa poussière :
Et le rameau grandit splendide et tutélaire,
Tandis qu'agenouillés nous demandons pardon
D'avoir été cueillir d'autres fleurs pour nos fronts.
Mais la Muse est clémente et bonne au repentir;
Son geste, seulement, montre le souvenir
De ce jardin mauvais où nous avons vécu;
Et nous tournons la tête, et nous ne voyons plus
Alors qu'un désert vague où, dans le vent rué,
Fuient les ombres de ce que nous avons été
Emportant les débris d'un pays ruiné
Qui se dessine encore un peu dans le lointain,
Retombe, resurgit et, tout à coup, s'éteint
Noyé dans un bain d'or encadré par la nuit.

Oui, toi seule, ô Beauté, vaut de vivre la Vie !
Tout ce sur quoi tes feux jettent une embellie
Console du labeur ordinaire et fatal.
La chaumière grandit en tour orientale,
Les mers roulent des cieux charriant l'inconnu,
La fleur est un palais où s'en revenir nu

Cueillir l'émotion des naissances premières,
La statue est vivante au temple qu'on oublie,
Et le manteau profond de la Mélancolie
Découvre sa promesse à l'abîme étoilé.

C'est pourquoi je me veux ouvrier de ta pierre,
O Beauté! t'apporter les fruits de ma pensée
Qui reste toujours libre et selon ton devoir.
Pardonne qu'elle soit en deuil; son manteau noir
N'est tel que par la faute, hélas! de l'aujourd'hui;
Mais, j'ai su conserver ce miracle sous lui
D'une lampe allumée à l'aurore future;
Et, si je sais que rien n'achève l'aventure
De la vie par delà le tombeau souterrain,
Je sais que mon voyage atteindra le matin,
Que la tristesse un jour se fera moins cruelle,
Et, qu'après les combats livrés aux soirs rebelles,
Je tomberai sans pleurs au fond de ton jardin,
Devant ton marbre, avec un triomphe serein
Vers les trois Muses dont les danses immortelles
Alternent leurs pieds nus aux ressemblances d'ailes
Sur la tombe de ceux qui te furent fidèles.

LA MORT

Tu es partout, tu es lointaine et tu es proche.
L'invisibilité de ta marche s'approche
Ou se recule, et la faux vole et se retire;
Et le balancement de tes deux bras fait luire,
A peine, le croissant fatal et souverain;
La main s'ouvre sans retrouver une autre main;
Et le geste retombe avant d'avoir les fleurs
Qu'il espérait cueillir aux rosiers du bonheur
Pour un prestigieux bouquet; et l'Avenir,
Tout à coup scène triste où tout jeu va pâlir,
Laisse peser le deuil d'un rideau lourd et noir.

Tu es partout. Au fond de nos plus beaux espoirs,
Au fond de notre amour, au fond de notre joie,
Tu guettes, et, de ton manteau vieux d'autrefois,

Tout à coup, sort l'éclair meurtrier et puissant;
Car tu te fais plus douce aux douleurs, et, souvent,
Tu parais respecter leur jardin vénéneux.
On t'appelle et penché, sur les calices bleus
Des fleurs sombres sur qui respirer ton parfum,
On attend ton passage... et tu t'en vas plus loin
Menacer le passant qui ne sait qu'être heureux.

Tu es partout. Autour de chaque chose, un peu,
Tu tisses lentement le drap de son suaire;
Tu la pousses d'un doigt prolongé vers la bière
Où la faire tomber un jour fatalement.
Chacun porte en soi sous la chair les ossements
Dont l'architecture est ton image et toi-même,
Et nous sommes vaincus avant l'heure suprême
Par cette permanence en nous de nos destins;
Et nous ne serions pas, et nous ne serions rien
Si notre âme n'ouvrait une source d'oubli.

La vie est un chemin qui mène vers ta nuit,

Rien ne peut arrêter l'heure dont le pas fuit
A travers nos repos comme à travers nos peines.
Vainement tu voudrais la halte plus prochaine,
Vainement tu voudrais le passé moins lointain ;
Tu ne peux revenir respirer le matin
Des jours où ton enfance ouvrait des feuilles pures,
Et, malgré ton effort le long des aventures,
Ô passant, tu ne peux rien hâter, rien tenir.
Chaque rose en tes doigts s'altère à la cueillir,
Chaque maison bâtie un jour devra tomber,
Et même le grand rêve auquel tu t'es voué
Se perdra par delà les lois des lendemains,
Car les minutes et les siècles restent vains
A vaincre l'immuable éternité du Temps.

Les oiseaux des chansons, les roses des baisers,
Les manteaux de la vie et les champs où lutter,
La défaite acculée aux noirs fossés sans gloire,
Le drapeau planté droit aux monts de la victoire,
Le clairon déchirant l'azur d'un cuivre clair,
Le violon ouvrant aux âmes la lumière
D'un pays irréel où mourir de clarté,

Les orgues au fond des douleurs diminuées
Par la prière qui monte dans leur tonnerre,
De tout cela, quand on nous mettra sous la terre,
Il ne restera rien pas même un souvenir.
Que nous ayons pleuré, que nous ayons su rire,
Que notre destin ait été triste ou clément,
Que notre volonté nous ait portés longtemps
Ou nous ait lassés vite à demeurer douteuse,
Que nous ayons puisé quelque onde ténébreuse,
Que nous ayons raillé ou que nous ayons cru,
Que l'enjeu qui faisait nos jours se soit perdu
Ou qu'il ait triomphé jusque vers sa couronne,
Il n'importe à la loi qui fait qu'on s'abandonne,
Même dans sa révolte, à l'heure désignée.

Cependant dans ton ombre, ô Nuit dont se vêtir,
Il serait doux de voir enfin s'épanouir
Un lys miraculeux aux lueurs de survie,
Et, se guidant aux feux de la fleur embellie
Par l'astre d'un passé qu'on aurait fait son rêve,
De gagner l'horizon proche aux longs caps des grèves
D'où se continuer vers la splendeur première.

Il serait doux d'aller chercher dans la lumière
Les cordes d'une lyre éternellement reine,
D'y jouer le bonheur dont la terre inhumaine
Ne verse pas le vin dans sa coupe de fer,
Et de voguer parmi les splendeurs sur des mers
Où vivre l'insouci d'un voyage immortel;
Il serait doux d'aller par les prés d'asphodèles
Dans la sécurité d'un repos nonchalant
Lire le mot suprême au prisme de diamant
Que l'Erèbe sertit dans ses griffes d'ébène;
Il serait doux de rejeter les robes vaines,
Et, fort par le sel dur perlant aux nudités,
De se baigner dans ton eau froide, ô Vérité!
Car je te sens féconde et selon l'Harmonie.

Hélas! ton secret meurt aux lèvres de la Vie
Qui ne sait même pas le mot de son matin,
Et, malgré l'implacable arrêt de son destin,
Persiste à draper des cieux sur sa vanité.
L'homme craint son baptême et de n'y rien trouver
Que les manteaux fripés et les bijoux ternis
Des mensonges qui jusque-là l'avaient servi

Pour marcher oublieux de l'abîme où tomber...

Cependant dans ton ombre, ô Nuit où s'abîmer,
S'il était un réveil par lequel triompher !
Si des adieux jetés et si de la dépouille,
Comme un glaive jailli d'une gaîne de rouille
Se lève jeune et neuf au poing victorieux,
Quelque chose restait se dresser vers les cieux !
Si tout le travail patient de tant de veilles
Avait atteint son but et dans le grand sommeil
Jeté l'avenir des graines mystérieuses !
Si de tant de prière et d'attente anxieuse
Poursuivie à travers les cultes et les jours,
Si de tant de tristesse et si de tant d'amour,
Il était né dans l'ombre une éclosion bleue !...

Ah ! braver l'abandon du rire injurieux,
Retrouver le trésor et les châteaux bâtis,
Faire battre son aile au fond de l'infini
Vers un effleurement des rouages immenses,
Se fondre en la respiration du silence

A suivre le déroulement calme des sphères,
Faire jaillir du roc l'onde qui désaltère,
Dépasser l'Achéron, saisir les trois Sœurs pâles,
Arracher la quenouille à sa tâche fatale,
Terrasser le Dragon, commander au Destin,
Prendre l'Éternité doucement par la main
Et la rendre docile au vent de ses caprices,
Faire naître un chemin au plus dur précipice.
S'élever loin de soi en volant comme on chante,
Vaincre le noir secret qui veut de l'épouvante,
Et boire le dernier flot de l'immensité !...

Du port sombre où déjà tant d'autres sont couchés,
Nul n'a pu revenir royalement jeter
Le récit d'un combat mystérieux et sombre ;
Nul esquif de ceux-là qu'ensevelit vers l'ombre
L'impossible recherche où tous se sont usés
N'est réapparu dans ses voiles déchirées
Faire luire à sa proue une étoile certaine.
La témérité des mains les plus souveraines
N'a rapporté de sa bataille trop hardie
Que l'horreur d'un néant lourd de mélancolie

Si grave, qu'à vouloir en parler à la Vie,
Il fallut un mensonge afin de l'alléger.

Pour moi, respectueux de la Nécessité
Lorsque la lutte est vaine à briser son essor,
Je n'irai pas prier les dieux aux nimbes d'or
Dont le néant altérerait la pureté
De cette heure suprême où je me veux encor.

Je ferai que vers moi la Mort vienne voilée,
Sous la pourpre d'un rêve à l'offrande étoilée,
Peut-être aux cimes où, victorieux, surseoir,
Peut-être simplement au tournant de l'allée,
Peut-être à la table où je veille chaque soir.

Que le moment soit bref où devoir n'être plus !
J'ai droit au manteau blanc de la sérénité,
Car j'aurai fait ma vie ce que j'avais voulu,

Taillant le bloc des jours en coupes inconnues
Où m'efforcer au vin des vignes de Beauté.

Rien ne meurt. Lorsque je serai mis sous la terre,
Perdu dans son secret prodigieux et sûr,
Fécondant de ma cendre ardente l'œuvre obscur
Qui tressaille aux flancs chauds de l'éternelle mère,
J'aiderai les cyprès à monter vers l'azur.

ÉPILOGUE

J'ai puisé pour mes vers les sèves des printemps
Et, dans les jardins bleus où s'ébattaient mes rêves,
Je les ai fait jaillir selon les roses brèves
Dont le renouveau doux est jeune tous les ans.

J'ai fleuri pour mes vers l'ivresse des étés
Selon le seul refrain de la vie éternelle;
L'azur a frissonné de grands battements d'ailes,
Les bois se sont ouverts aux sylvains étonnés.

J'ai ravi pour mes vers le sang roux des automnes
Dont l'or a longuement saigné sur mes chansons;
Les cors ont éveillé l'écho mort des vallons;
Des spectres ont peuplé les brumes monotones.

J'ai bleui pour mes vers le givre des hivers,
Et le soleil a mis des couleurs sur la neige ;
Et l'ancien merveilleux des contes de Norwège
Souleva le deuil blanc dont s'endormait la Terre.

J'ai surpris pour mes vers les voix de la Nature
Et, dans l'orgue infini des rythmes fuselés,
J'ai réglé la chanson de ces voix dérobées
Vers la sérénité limpide de l'azur.

Et je suis demeuré, pâle et silencieux,
Endormir le passé d'un murmure d'eau douce
Dans le jardin secret où, couché sur les mousses,
J'attendais le signal que promirent les cieux.

Mais les cieux sont muets aux prières humaines,
Et rien n'est apparu diriger mon attente
Qui se prolongeait, morne, en des landes dolentes
Où murmurait l'écho de mes chansons lointaines.

Peu à peu, je partis, à nouveau voyageur,
Promener mon espoir à travers le jardin
Sur qui j'avais souvent espéré les matins
Devoir surgir selon l'aurore du bonheur.

Un soir, je rencontrai des sources à l'eau claire,
Et je suivis leurs cours s'élargir en un fleuve ;
Et j'ai passé les murs pour suivre l'onde neuve
Aussi loin qu'elle irait se perdre dans la mer.

Et voici que, lassé, je m'arrêtais déjà,
M'essayant au seul vœu de voir l'onde couler,
Quand j'aperçus, un soir, à nouveau scintiller
Les astres que mon doute avait éteints là-bas.

Des deux côtés du fleuve à l'horizon nocturne
Persistait la couleur verte de leur clarté ;
Et le ciel s'animait à leurs feux propagés
Du fond du désert pâle où s'incurvait la lune.

La nuit était légère harmonieuse et bleue;
Un mystère tremblait, épars, dans son silence;
Des brises propageaient, d'un vol qui se balance,
Les parfums recueillis sur les roses des cieux.

Tout à coup, un oiseau qui tenait une fleur
Descendit lentement vers l'onde lumineuse,
Blanchissant de son vol l'ombre mystérieuse
Où ses ailes semblaient secouer du bonheur.

Sur le fleuve il dressa son cou mince de cygne,
Et, creusant son plumage en retraite de brume
Qu'allégeait l'éventail des brises dans les plumes,
Il suivit les flots bleus où se miraient les vignes.

Les yeux alors fixés vers la fuite nouvelle,
Je vis, sous les rayons des astres jusqu'à lui,
Scintiller un joyau de sang, d'or et de nuit
Qui me parut, au loin, mon rêve dans ses ailes.

TABLE

TABLE

ACHEVÉ D'IMPRIMER

Le douze juillet mil huit cent quatre-vingt-dix-neuf

PAR

L'IMPRIMERIE DESLIS FRÈRES

POUR LE

MERCVRE

DE

FRANCE

DU MÊME AUTEUR

Vers

LE CAHIER ROSE ET NOIR. . . . . 1 vol.

CHANSONS GRISES. . . . . 1 vol.

AUTOMNALES. . . . . 1 vol.

LES POÈMES DE L'AMOUR ET DE LA MORT. . . . 1 vol.

CHANSONS MAUVES. . . . . 1 vol.

Roman

LES PREMIÈRES LUTTES. . . . . 1 vol.

www.ingramcontent.com/pod-product-compliance
Ingram Content Group UK Ltd.
Pitfield, Milton Keynes, MK11 3LW, UK
UKHW020933180726
13838UKWH00002B/918

9 782329 433653